Tra amore e follia: Il piacere, il potere e la corruzione a Gomorra

5, Volume 4

Marie Dachekar Castor

Published by Marie Dachekar Castor, 2024.

This is a work of fiction. Similarities to real people, places, or events are entirely coincidental.

TRA AMORE E FOLLIA: IL PIACERE, IL POTERE E LA CORRUZIONE A GOMORRA

First edition. November 25, 2024.

Copyright © 2024 Marie Dachekar Castor.

ISBN: 979-8230963769

Written by Marie Dachekar Castor.

Tra Amore e Follia: Piacere, Potere e Corruzione a Gomorra
Volume 4
Marie Dachekar Castor

Also by Marie Dachekar Castor

2
"Encuentro con los conquistadores de records deportivos: Estrellas notables entre las mejores"

5
Entre amour et Folie : Le plaisir, le pouvoir et la corruption à Gomorrhe
"Entre el amor y la locura: Placer, poder y corrupción en Gomorra"
"Entre amour et folie: Le plaisir, le pouvoir et la corruption à Gomorrhe"
"Entre amor y locura: placer, poder y corrupción a Gomorra"
Entre amour et folie: le plaisir, le pouvoir et la corruption à Gomorrhe
Between Love and Madness: Pleasure, Power, and Corruption in Gomorrah
Entre amor e loucura: O prazer, o poder e a corrupção em Gomorra

Entre amor y locura: El placer, el poder y la corrupción en Gomorra
"Entre amour et folie: Le plaisir, le pouvoir et la corruption à Gomorrhe"
Tra amore e follia: Il piacere, il potere e la corruzione a Gomorra
Tra amore e follia: Il piacere, il potere e la corruzione a Gomorra
Zwischen Liebe und Wahnsinn: Das Vergnügen, die Macht und die Korruption in Gomorrha
Между любовью и безумием: Удовольствие, власть и коррупция в Гоморре

Standalone
Au delà des préjugés: L'amour au coeur des obstacles
El precio de la desesperación: Inmersión en la realidad de la prostitución y búsqueda de soluciones
Los tabúes de la sociedad
Las Complejidades de la Infidelidad en las Relaciones entre Hombre y Mujere
Recetas magicas
Entre la belleza de la juventud y el miedo a envejecer: la alimentación como clave para la vitalidad
"Entre la belleza de la juventud y el miedo a envejecer: La alimentación como clave para la vitalidad."
Las Complejidades de la Infidelidad en las Relaciones entre Hombre y Mujere
Más allá de los prejuicios: el amor en el corazón de los obstáculos

Pequeñas Historia para viajar con la imaginación

Sommario

Introduzione 1
Indice 4
Parte I: | Ombre del Potere 6
Parte II: | L'Ombra di Ekleyima 10
Parte III: | La Breccia del Contatto 20
Parte IV: | Rivelazioni e Scelte 26
Parte V: | Un Amore Sospeso 36

Introduzione

Questo quarto romanzo **Tra Amore e Follia: Piacere, Potere e Corruzione a Gomorra** si svolge in un mondo immaginario profondamente segnato da lotte di potere e dall'esplorazione della natura umana attraverso personaggi le cui vite si intrecciano in una trama complessa.

L'ascesa di Akouar alla guida della città

L'introduzione di Ackeli e Aïah: una tragedia in arrivo

All'ombra di questo regime autoritario, si sviluppa una tragedia personale. Ackeli Hicha, un uomo con ambizioni oscure e desideri insoddisfatti, commette un atto abominevole nei confronti di Aïah, una giovane donna piena di vita e sogni. Questo crimine segna una svolta nelle loro vite: Ackeli viene incarcerato e condannato a Sodoma, mentre Aïah deve affrontare le conseguenze di questo evento traumatico, inclusa una gravidanza indesiderata.

La fuga di Ackeli

In prigione, Ackeli subisce punizioni ma conserva un barlume di astuzia. Grazie al sostegno di potenti sostenitori, organizza una fuga spettacolare, simulando la propria morte. Con una nuova identità, quella di Ekleyima, rimane a Sodoma, evitando di tornare a Gomorra. Lì si ricostruisce, immergendosi in attività clandestine per ottenere i mezzi necessari a espiare i suoi peccati.

La lotta interiore di Aïah

Aïah, da parte sua, attraversa momenti di profondo dolore e resilienza. Con il sostegno della sua famiglia, decide di dedicare tutto il suo amore a Hinna Saar, che diventa per lei un simbolo di coraggio e rinnovamento. La relazione complessa tra Aïah e sua figlia è il cuore di questa parte della storia, mentre cercano di guarire le cicatrici del passato.

Il gioco delle maschere: Ekleyima e l'ombra della verità

Sotto l'identità di Ekleyima, Ackeli stabilisce una comunicazione anonima con Aïah, aiutando segretamente sua figlia mentre evita di essere scoperto. Attraverso scambi misteriosi, cerca di avvicinarsi a lei senza rivelare la sua vera identità. La storia raggiunge il suo culmine quando i sentimenti repressi e i segreti accuratamente custoditi iniziano a emergere.

La rivelazione dell'identità di Ackeli

Il climax del romanzo avviene quando la verità diventa impossibile da nascondere. Durante un confronto carico di emozioni, Ackeli finalmente rivela la sua vera identità ad Aïah. Questo momento di rivelazione è uno shock emotivo per Aïah, che si trova di fronte a un complesso mix di rabbia, tradimento, ma anche comprensione e dolore.

Un racconto di redenzione ed emozioni profonde

Tra Amore e Follia è molto più di una semplice storia di tradimento e redenzione. È un viaggio attraverso le zone grigie della moralità, dove i personaggi, né completamente buoni né del tutto cattivi, cercano un senso alla propria esistenza in un mondo brutale. Attraverso temi universali come l'amore, il senso di colpa, il potere e la resilienza, il romanzo invita i lettori a riflettere sulla complessità delle relazioni umane e sulla possibilità di trovare una luce di speranza anche nelle tenebre più profonde.

Con una scrittura ricca di dettagli e una trama piena di suspense, questo libro affascina per la sua profondità emotiva e l'esplorazione dei dilemmi umani, lasciando i lettori con domande inquietanti sul perdono, la giustizia e l'umanità.

Indice

Parte I: Ombre del Potere

1. Un Patto Storico

La coalizione tra sinistra e destra porta Akouar a capo di Gomorra.

2. Sotto il Regno di Moustaffah

Le sfide e le tensioni di un governo di coalizione.

Parte II: L'Ombra di Ekleyima

3. Una Maschera, una Nuova Vita

Ackeli diventa Ekleyima, abbandonando le sue vecchie abitudini per sopravvivere.

4. Azioni Invisibili

Le sue imprese clandestine e i suoi contributi segreti alla vita di Hinna Saar.

5. Una Trasformazione Completa

Un uomo irriconoscibile, fisicamente ed emotivamente.

Parte III: La Breccia del Contatto

6. La Chiamata Proibita

Ekleyima contatta Aïah, scatenando uno scambio carico di emozioni.

7. Hinna Saar: Un Incontro Inaspettato

La voce innocente di Hinna sconvolge profondamente Ekleyima.

Parte IV: Rivelazioni e Scelte

8. Il Peso del Passato

La rivelazione della sua identità e le confessioni di Ekleyima a Aïah.

9. Una Verità Dolorosa

Aïah scopre finalmente chi si nasconde dietro la maschera.

10. Una Decisione Silenziosa

Aïah decide di mantenere il segreto, ma le tensioni rimangono.

Parte V: Un Amore Sospeso

11. Lacrime e Promesse

Una conversazione piena di rimpianti, perdono e speranza.

12. Un Futuro Incerto

Il mistero persiste intorno a Ekleyima, lasciando intravedere nuove sfide.

Parte I:
Ombre del Potere

- 1. Un Patto Storico

La coalizione tra sinistra e destra porta Akouar a capo di Gomorra.

Dopo i tumulti che avevano sconvolto Gomorra, sembrava impossibile trovare un equilibrio politico. L'ombra dello scandalo incombeva ancora, ma era anche un'epoca in cui alleanze improbabili diventavano necessarie. Moustaffah Dan Cdeck II, ancora al culmine del suo potere come governatore del paese, guidava una sinistra indebolita da divisioni interne. Alexander Hemiho, che era stato sindaco di Gomorra durante la tragedia di Aïah, aveva abbandonato la scena politica, portando con sé la già fragile fiducia dei cittadini.

Quattro anni dopo quegli eventi, accadde una svolta inaspettata. La sinistra, nonostante la sua predominanza, strinse un patto con la destra nel tentativo di formare una coalizione senza precedenti. Fu una decisione controversa. Voci dissidenti si moltiplicarono da entrambe le parti, ma Moustaffah rimase fermo nella sua strategia:

Dobbiamo dimostrare che questo paese può superare le divisioni politiche.

Questo patto aprì la strada a un'elezione peculiare. Akouar, zio di Aïah, venne nominato sindaco di Gomorra. La sua nomina non era priva di voci e critiche. Si diceva che la sua ascesa fosse più dovuta a manovre dietro le quinte che a un vero riconoscimento popolare. Tuttavia, durante il suo discorso di insediamento, dimostrò di essere degno, sebbene calcolatore.

Oggi Gomorra sceglie l'unità, dichiarò Akouar con voce grave e sguardo penetrante. Ma questa unità non sarà solo politica. Dovrà raggiungere ogni casa, ogni cuore. Abbiamo sofferto abbastanza a causa delle nostre divisioni.

Gli applausi furono contenuti, ma gli sguardi tra il pubblico tradivano una profonda diffidenza.

Le Ombre Dietro il Patto

Dietro le quinte, segreti e ambizioni personali collidevano. Alcuni affermavano che l'accordo fosse solo una facciata per permettere alla sinistra di mantenere il controllo sulle posizioni strategiche, mentre la destra, affamata di potere, accettava briciole in cambio di vaghe promesse.

Nel suo ufficio, Akouar ricevette una chiamata da uno dei suoi consiglieri più fidati.

Signor sindaco, le voci si stanno diffondendo rapidamente. Alcuni dicono che questa alleanza sia un segno di debolezza.

Akouar sorrise mentre sistemava la fascia tricolore.

Che parlino. Finché agiamo, le loro parole resteranno solo sussurri.

Tuttavia, nell'ombra, Akouar portava un altro peso. Suo nipote, Ackeli, che aveva commesso l'imperdonabile contro sua nipote Aïah, era ufficialmente considerato morto o esiliato. Ma Akouar sapeva, o almeno sospettava, che fosse ancora vivo, nascosto sotto un'altra identità. Questa verità pesava enormemente su di lui, una realtà che non poteva né rivelare né ignorare.

2. Sotto il Regno di Moustaffah

Le sfide e le tensioni di un governo di coalizione.
L'Eco dei Silenzi

Mentre i dibattiti politici animavano i salotti privati di Gomorra, i fantasmi del passato rimanevano vivi nella mente di Aïah. Seduta nel giardino di casa sua, ascoltava distrattamente le notizie alla radio, dove annunciavano ufficialmente l'insediamento di suo zio.

Il signor Akouar promette di restituire speranza agli abitanti di Gomorra...

Stringeva i pugni, con uno sguardo misto di rabbia e disillusione. Quello stesso zio, una figura di supporto, aveva anche la responsabilità di aver permesso a Ackeli di entrare nelle loro vite.

Durante la cena in famiglia, l'annuncio del patto prese una piega più personale.

Cosa cambia per noi? chiese Aïah, rompendo il pesante silenzio.

Akouar, stanco per le interminabili negoziazioni della giornata, rispose con secchezza:

Tutto. E niente. Questo non è per noi, è per Gomorra.**

Gomorra? replicò lei, con un lampo di rabbia nella voce—. Gomorra si è forse preoccupata di me quando...?

Si fermò, incapace di continuare. Il silenzio cadde di nuovo, questa volta più pesante che mai. Akouar abbassò lo sguardo, incapace di sostenere quello di sua nipote.

La Fragile Speranza della Coalizione

Nelle settimane successive all'insediamento, Akouar avviò grandi progetti per restaurare l'immagine di Gomorra. Riqualificazioni, annunci pubblici e promesse di prosperità facevano parte della strategia per unire la città, ma le tensioni tra le fazioni politiche continuavano a serpeggiare nell'ombra.

Tra il pubblico, però, c'era una figura che osservava con attenzione. Ekleyima, l'identità nascosta di Ackeli, rimaneva nell'ombra, seguendo ogni mossa di Akouar e della nuova amministrazione.

Prima o poi, dovrò tornare, mormorò a se stesso. Ma non ancora. Non finché il momento non sarà perfetto.

Mentre il sole tramontava su Gomorra, la città sembrava sospesa tra speranza e incertezza. Eppure, sotto la superficie, segreti pericolosi e irrisolti minacciavano di esplodere, promettendo di cambiare per sempre il destino di tutti.

Parte II:
L'Ombra di Ekleyima

- 3. Una Maschera, una Nuova Vita

Ackeli diventa Ekleyima, abbandonando le sue vecchie abitudini per sopravvivere.

Il giorno in cui Ackeli decise di scomparire, lasciò indietro molto più del suo nome. Abbandonò i suoi sogni da artista, il suo passato tumultuoso e perfino i lineamenti del suo volto, ora nascosti sotto la maschera di Ekleyima. Non era solo un travestimento; era una rinascita, una rottura totale con l'uomo che ormai disprezzava.

Il cammino verso questa trasformazione non fu facile. Dopo essere scappato dal carcere con l'aiuto di complici dalle intenzioni ambigue, Ackeli trovò rifugio nei quartieri emarginati di Gomorra, un labirinto di vicoli oscuri dove la legge esisteva solo per chi poteva permettersela. Lì, si rivolse a una clinica clandestina gestita da un medico noto per le sue abilità in chirurgia plastica.

«Vuoi cambiare volto?» chiese il medico mentre puliva gli strumenti in un silenzio quasi rituale.

«Non solo il volto, dottore. Voglio cancellare l'uomo che ero.»

«Questo non posso garantirlo. Le cicatrici interne, quelle non spariscono mai.»

La trasformazione fisica fu dolorosa. Settimane di convalescenza nell'oscurità, da solo con i suoi pensieri, furono tanto un tormento quanto una purificazione. Quando Ackeli finalmente si guardò allo specchio dopo l'operazione, non riconobbe il proprio riflesso. Quel volto angoloso, segnato da una freddezza quasi inumana, era davvero il suo?

Una Nuova Vita nell'Ombra

Sotto lo pseudonimo di Ekleyima, Ackeli iniziò una vita completamente nuova. Grazie ai legami stabiliti durante la sua carriera criminale e il tempo trascorso in prigione, si infiltrò in reti clandestine di efficacia spietata.

Diventò un maestro dell'anonimato. Per i suoi nuovi alleati, Ekleyima era solo un uomo misterioso, calcolatore ed efficiente. Pochi sapevano da dove venisse, e ancora meno osavano fare domande.

Un giorno, durante una trattativa in un magazzino isolato, Ekleyima si trovò di fronte a un trafficante nervoso che cercava di contrattare il prezzo di un carico di armi.

«Vuoi davvero discutere con me?» chiese Ekleyima con una voce calma, quasi impercettibile.

«È che... il prezzo, sembra alto, capisce?»

«Il prezzo del tradimento è sempre più alto. Credimi, parlo per esperienza.»

Il silenzio calò come una sentenza, e l'uomo cedette senza dire altro.

Il Peso della Maschera

Ma, dietro quella maschera impenetrabile, Ekleyima portava un peso che non poteva condividere. Ogni notte, nel suo rifugio segreto, sognava volti dimenticati: quello di Aïah, inizialmente pieno d'amore, poi deformato dal dolore; quello di sua figlia, Hinna Saar, che non aveva mai tenuto tra le braccia.

Una notte, mentre ascoltava una vecchia canzone che una volta aveva cantato sul palco, Ekleyima si sorprese a mormorarne le parole. La melodia, intrisa di nostalgia, era un crudele promemoria di tutto ciò che aveva perso.

«Perché?» si chiese ad alta voce.

«Perché sono ancora qui, ad aspettare l'impossibile?»

Prese un quaderno da una vecchia scatola di legno. Dentro, c'erano lettere mai inviate ad Aïah e Hinna. Le sue mani tremavano mentre scriveva:

"Hinna, mia figlia, Se mai leggerai queste parole, sappi che ogni decisione che ho preso, per quanto crudele possa sembrare, è stata per proteggerti. Perdonami, anche se non lo merito. Tuo padre, Ekleyima."

Sapeva che non avrebbe mai inviato quelle lettere. Erano il suo unico sollievo, un fragile ponte tra il suo passato e ciò che sperava di essere.

Un Ritorno a Gomorra

Nonostante tutti i suoi sforzi per sfuggire alla sua vecchia vita, Ekleyima sentiva un'attrazione sempre più forte verso Gomorra, come una falena verso la fiamma. Non si avvicinava mai direttamente, ma seguiva ogni notizia proveniente dalla città.

Un giorno, seppe dell'elezione di Akouar, lo zio di Aïah, a sindaco. Fu uno shock. Si rese conto che, nonostante tutti i suoi tentativi di ricostruirsi, le sue radici erano profondamente sepolte in quella terra maledetta.

«Akouar...» mormorò nell'oscurità.

«Se solo sapessi tutto ciò che so...»

La maschera di Ekleyima non era solo una facciata. Era un'armatura contro il mondo, ma anche una prigione. Una prigione da cui non era sicuro di voler uscire.

L'ombra che proiettava su Gomorra cresceva, silenziosa, e la storia di Ekleyima era appena iniziata.

- **4. Atti Invisibili**

Le sue imprese clandestine e i suoi contributi segreti alla vita di Hinna Saar.

La notte calava su Gomorra, avvolgendo la città in una calma apparente. In un modesto appartamento, Aïah osservava sua figlia, Hinna Saar, giocare con una bambola ricevuta misteriosamente, senza mittente né spiegazioni. Per mesi, buste contenenti denaro erano arrivate con regolarità, accompagnate da regali modesti ma significativi.

Aïah si chiedeva spesso chi potesse essere l'autore di questi invii. Una parte di lei voleva credere che fosse un benefattore disinteressato, ma il suo istinto le suggeriva un'altra verità.

Le lettere anonime contenevano talvolta frasi enigmatiche, come: "Perché il suo futuro sia più luminoso" o "Una piccola stella merita di brillare."

L'ombra dietro le azioni

Da parte sua, Ackeli, sotto la nuova identità di Ekleyima, osservava a distanza la vita di Hinna e Aïah. Nascosto in una casa isolata alla periferia di Gomorra, seguiva le loro vicende ascoltando la radio o leggendo di nascosto i giornali. Ogni invio che preparava era un tentativo di redenzione, un gesto silenzioso per alleviare il peso dei suoi rimorsi.

Una sera, seduto alla sua scrivania, fissava una busta appena riempita con una somma di denaro. Su un pezzo di carta scrisse un breve messaggio:

"Per i tuoi sogni, per il tuo sorriso."

Esitò un momento prima di infilare il biglietto nella busta.

"Un giorno, Hinna saprà...", mormorò con voce tremante.

"Ma non ancora."

Sapeva che rivelare la sua vera identità avrebbe potuto distruggere la fragile pace che stava cercando di mantenere.

Un rapporto a distanza

Nonostante la distanza, tra Aïah ed Ekleyima (come lei lo conosceva con la sua identità falsa) si era sviluppata una strana amicizia. Gli scambi erano rari, ma sinceri. Lei vedeva in lui un confidente, qualcuno che sembrava comprendere il suo dolore senza mai invadere troppo il suo spazio.

Una sera, quasi impulsivamente, Aïah inviò un messaggio:

"Quei regali... quelle lettere. Non so chi sia il mittente, ma a volte mi chiedo se sia qualcuno che mi conosce davvero."

Ekleyima lesse il messaggio in silenzio, con il cuore che batteva forte. Avrebbe voluto rispondere: "Sì, ti conosco meglio di chiunque altro." Ma scrisse solo:

"Forse è solo qualcuno che ammira la tua forza."

Aïah rispose con un tocco di ironia, ma anche con tristezza:

"Forza? Se sapessi... sono solo una donna spezzata che cerca di rimettere insieme i pezzi."

Ekleyima strinse il telefono tra le mani, incapace di rispondere. Attraverso quello schermo vedeva le cicatrici che aveva lasciato, e ogni parola che inviava sembrava insufficiente per colmare l'abisso tra loro.

Una speranza silenziosa

Nell'ombra, Ackeli continuava ad agire per il bene di Hinna. Aveva finanziato segretamente la sua iscrizione a una scuola prestigiosa, garantendo alla bambina l'accesso a opportunità che lui non aveva mai avuto.

Una volta, passando davanti alla scuola, vide Hinna nel cortile, la sua risata che illuminava l'ambiente. Si fermò a distanza, nascosto dietro un albero, e sussurrò:

"Tutto questo è per te."

Ma il prezzo dei suoi atti invisibili era alto. Ogni gesto, ogni sacrificio, lo avvicinava alla speranza di redenzione, ma lo spingeva anche più profondamente in una solitudine che non poteva condividere con nessuno.

Ackeli attendeva il giorno in cui avrebbe finalmente potuto rivelare la verità, ma quel momento sembrava sempre fuori dalla sua portata. Per ora, rimaneva un'ombra, un protettore anonimo, disposto a tutto affinché la luce di Hinna non si spegnesse mai.

- **5. Una Trasformazione Totale**

Un uomo irriconoscibile, fisicamente ed emotivamente.

La metamorfosi di Ackeli in Ekleyima non si limitava a un cambio di nome o a documenti falsificati. Era una rinascita completa, un atto deliberato per cancellare il passato e assumere un'identità che gli permettesse di sopravvivere in un mondo che non lo avrebbe mai perdonato.

La Trasformazione del Corpo e della Mente

In una capanna isolata, lontana dal caos di Gomorra, Ackeli trascorse i suoi giorni trasformando non solo il suo aspetto, ma anche la sua mente. Abbandonò gli abiti eleganti che un tempo erano il suo marchio di fabbrica, optando per abiti semplici e anonimi. Adottò una postura curvata, un contrasto netto con la figura imponente che era stata. La barba, una volta curata alla perfezione, si fece incolta, e i capelli crebbero disordinati, coprendo parte del viso come un velo per nascondere non solo la sua identità ma anche le sue emozioni.

Davanti a uno specchio incrinato nel bagno, guardava il suo riflesso, una fusione di volti noti e sconosciuti.

"Non sei più Ackeli Hicha," sussurrava a se stesso, come una preghiera o un avvertimento.

"Ora sei Ekleyima. Un uomo nuovo."

Ogni giorno, esercitava una nuova voce, un tono più profondo e indistinto, cancellando ogni traccia del passato.

La Morte di Ackeli

Il cambiamento fisico era solo la superficie di una trasformazione più profonda. Nel buio della sua solitudine, Ackeli affrontava i suoi demoni interiori. Ricordi vividi si mescolavano in un incubo incessante: le risate dei suoi giorni di gloria, le urla di Aïah durante quella notte fatidica, gli sguardi accusatori degli abitanti di Gomorra.

Per sopportare il peso schiacciante della colpa, si impose una routine quasi militare: lunghe ore di meditazione, esercizio fisico intenso e, soprattutto, scrittura.

In un vecchio quaderno logoro, scarabocchiava frasi enigmatiche:

"Il passato è un fuoco che brucia senza fine."

"La redenzione inizia dove finisce la vergogna."

Non erano scuse, ma frammenti di una ricerca interiore: un tentativo di comprendere chi fosse diventato.

Una Prova di Volontà

Un giorno, mentre usciva per procurarsi provviste, incrociò una donna che, per un istante, gli ricordò Aïah. Il cuore gli si fermò, le mani iniziarono a tremare, ma si costrinse a distogliere lo sguardo.

Tornato nel suo rifugio, affrontò quella debolezza.

"Non puoi fallire," mormorò, colpendo il tavolo con il pugno.

"Se Aïah scopre la verità troppo presto..."

Sapeva che non avrebbe sopportato il suo giudizio. La trasformazione in Ekleyima non era solo una questione di sopravvivenza fisica, ma anche un'armatura contro il dolore emotivo.

Un Uomo Emotivamente Trasformato

Nonostante tutto, questa trasformazione non lo aveva reso insensibile. Al contrario, Ackeli sviluppò una strana empatia per i deboli e gli emarginati. Con la sua nuova identità, iniziò ad aiutare discretamente chi lo circondava, condividendo le sue poche risorse o intervenendo contro le ingiustizie locali.

Dal suo rifugio, seguiva a distanza la vita di Aïah e di sua figlia, Hinna Saar, assicurandosi che non mancasse loro nulla, anche se questi gesti restavano invisibili.

La Nuova Maschera

Una notte, davanti allo specchio, indossò per la prima volta la maschera che avrebbe completato la sua nuova identità: un manufatto artigianale dai tratti severi e quasi inumani.

"Questo è l'uomo che il mondo vedrà," dichiarò con calma.

"Il vecchio Ackeli è morto. Ekleyima vive per riparare ciò che ha distrutto."

Quella maschera simboleggiava più del semplice anonimato. Rappresentava una linea di confine tra il suo passato vergognoso e un futuro ancora incerto.

Ma, dietro quella maschera, un uomo spezzato continuava a lottare contro i propri demoni, sperando che, un giorno, la sua trasformazione sarebbe stata sufficiente per ottenere il perdono di Aïah e il diritto di rivelarsi a Hinna Saar come suo padre.

Parte III:
La Breccia del Contatto

- **6. La Chiamata Proibita**

La notte era tranquilla, con una lieve brezza che faceva danzare le tende nella casa di Aïah. Aveva appena messo a dormire Hinna e si era accomodata sulla sua poltrona preferita con un libro tra le mani. Il telefono vibrò dolcemente sul tavolino, mostrando un numero senza nome. Un leggero sorriso le illuminò il viso. Da un po' di tempo, quello sconosciuto, che era diventato il suo confidente serale, chiamava nei momenti più inaspettati.

Rispose con una familiarità rassicurante.

"Buonasera, amico misterioso," disse con un tono leggero, un pizzico di ironia nella voce.

Dall'altra parte, Ackeli, sotto la sua identità di Ekleyima, sorrise nel sentire quelle parole. Quel momento, seppur avvolto nel segreto, era diventato uno dei pochi istanti di pace nella sua vita turbolenta.

"Buonasera, stella della sera," rispose con una voce calda e sincera.

Aïah rise piano.

"Sempre così poetico. Un giorno dovrai dirmi chi sei veramente."

Ackeli esitò per un istante. Sognava di rivelarle la verità, ma sapeva che quel giorno non era ancora arrivato.

"Forse un giorno. Per ora, lasciami solo godere di questi momenti con te."

Un Dialogo Carico di Emozioni

Le loro conversazioni erano spesso leggere, ma a volte diventavano profonde. Quella sera, Aïah decise di condividere qualcosa della sua giornata.

"Hinna oggi era adorabile. Ha insistito che le leggessi tre storie prima di dormire."

"Tre?" rispose lui divertito.

"Di sicuro ha ereditato la tua testardaggine."

Aïah si fermò un momento, sorpresa dal commento.

"E come fai a sapere che sono testarda?" chiese, metà seria, metà scherzando.

Ackeli si morse il labbro. Si era dimenticato della cautela che doveva avere nelle sue parole.

"Diciamo che si percepisce nella tua voce. C'è una forza, una determinazione. È ciò che ti rende unica."

Lei arrossì leggermente, toccata dalle sue parole.

"Sei molto bravo con i complimenti."

"Non è un complimento, è la verità."

Un Legame Che Si Rafforza

La conversazione deviò lentamente verso argomenti più personali.

"A volte vorrei ricominciare tutto da capo," confessò Aïah.

"Lontano dai ricordi, dal dolore... semplicemente una nuova pagina."

"Non hai bisogno di ricominciare da capo," rispose Ackeli con una voce morbida e confortante.

"Hai già una vita che molti invidierebbero. Una figlia che ti adora, una forza interiore che illumina anche i giorni più bui."

Ci fu un silenzio, ma non era un silenzio pesante. Era come se le loro anime si scambiassero parole invisibili, oltre i confini della conversazione.

"E tu?"* osò chiedere lei.

"Cosa cambieresti della tua vita?"

Lui rifletté per un momento prima di rispondere, misurando attentamente le parole.

"Vorrei riparare i miei errori. Essere qualcuno di cui potrei andare fiero."

Quelle parole toccarono profondamente Aïah, ma lei non insistette. Rispettava le barriere che sembrava aver eretto intorno al suo passato.

Una Mente Tormentata

Dopo aver chiuso la chiamata, Aïah si addormentò con un lieve sorriso, confortata da quell'amicizia strana che le dava la sensazione di essere compresa. Dal canto suo, Ackeli rimase sveglio a lungo, con gli occhi fissi sul soffitto del suo rifugio.

Aveva trovato un certo conforto in quella relazione, ma il peso del suo segreto stava diventando sempre più difficile da sopportare.

"Forse un giorno," mormorò a se stesso.

"Un giorno, saprà tutto."

Quella notte, due cuori battevano all'unisono, connessi da un filo invisibile, nonostante la distanza e le ombre del passato.

- **7. Hinna Saar: Un Incontro Inaspettato**

La voce innocente di Hinna sconvolge profondamente Ekleyima.

Qualche giorno dopo, quella sera c'era una strana tensione nell'aria, come se ogni soffio di vento portasse con sé ricordi di un passato che entrambi cercavano di sfuggire. Aïah si era ritirata nel suo salotto dopo aver messo a dormire sua figlia Hinna, come di consueto. Stava assaporando la tranquillità della serata, ma il telefono vibrò sul tavolino, interrompendo quel momento di calma.

Lo schermo mostrava il numero dello sconosciuto. Un sorriso fugace, quasi automatico, apparve sul suo volto. L'amico misterioso, con cui aveva scambiato conversazioni negli ultimi tempi, stava chiamando di nuovo. Non sapeva ancora chi fosse, ma quelle conversazioni erano diventate un conforto nella sua vita. Rispose senza esitazione.

"Buonasera, tu," disse dolcemente, con una voce serena.

Dall'altro capo del filo, Ekleyima, o meglio Ackeli dietro la sua maschera, rimase paralizzato. La familiarità della voce di Aïah, il tono dolce che usava, risvegliava in lui emozioni che credeva di aver sepolto per sempre. Era la prima volta che si permetteva di provare quella strana e inaspettata sensazione: la nostalgia.

"Buonasera," rispose con una voce calma, ma leggermente emozionata. "Come stai, Aïah?"

Aïah, ignara della vera identità del suo interlocutore, sorrise in modo tranquillo, sentendosi stranamente rassicurata da quella chiamata. Quei momenti avevano qualcosa di speciale, quasi intimo, senza che lei sapesse esattamente il perché.

"Bene, e tu?" chiese.

Un breve silenzio si instaurò prima che lui rispondesse, come se le sue parole fossero misurate, accuratamente scelte con la prudenza acquisita negli anni di dissimulazione.

"Sto bene. Questa sera, pensavo a te... e a Hinna."

Il nome di sua figlia, pronunciato da quella voce misteriosa, fece sussultare Aïah. Non era abituata a sentire qualcuno parlare di sua figlia in quel modo, specialmente da uno sconosciuto. Tuttavia, quel tono, allo stesso tempo rassicurante e strano, le provocò un brivido che la attraversò senza che sapesse bene il perché.

"Hinna? Perché ne parli?" chiese, con un tocco di sorpresa nella voce. Cercò di mascherare la sua confusione.

"Sta già dormendo, come sempre, adorabile."

Dall'altra parte, Ackeli si sentì momentaneamente turbato. Parlare di Hinna era come riscrivere una parte del suo passato, come se dovesse accettare la realtà di ciò che aveva fatto. Lo stupro. La sofferenza di Aïah. E la nascita di quella bambina innocente, frutto di una violenza che non poteva cancellare, nemmeno sotto quella nuova identità.

"È fortunata ad avere una madre come te," disse, con una voce calma, quasi distante.

"Sembra così pura, così piena di vita..."

Aïah percepì che lui era improvvisamente più distante, come se un velo di preoccupazione fosse caduto sulla conversazione. Non poté fare a meno di chiedersi perché sembrasse così interessato a sua figlia.

"Sembri affezionato a lei, anche se non so perché ne parli così," aggiunse, leggermente sospettosa ma ancora indulgente.

"Diciamo semplicemente che mi ispira," rispose, cercando di non rivelare troppo di sé.

"Porta con sé la bellezza del mondo, anche nel suo silenzio."

Senza saperlo, Aïah aveva messo un piede in una breccia che nemmeno Ekleyima sapeva come chiudere. Sentì una stretta al cuore, un misto di rimorso e desiderio di protezione, sapendo, allo stesso tempo, che non era lui a dover essere lì. I destini di Aïah, Hinna e il suo erano irrevocabilmente legati da catene invisibili, che non avrebbero mai smesso di connetterli, anche se aveva cambiato identità, anche se aveva cercato di voltare pagina.

Il silenzio si protrasse tra loro per qualche secondo, prima che lui rompesse nuovamente quella tranquillità.

"Aïah, non so cosa mi stia succedendo. Ma ci sono cose che non riesco a dire..."

Aïah, ancora ignara della verità, percepì la fragilità di quella conversazione, come una corda tesa pronta a spezzarsi. Ma rispose con una dolcezza infinita.

"Non devi dire tutto subito. I segreti hanno il loro ritmo."

Chiuse dolcemente la chiamata, con il cuore un po' pesante, ma con un sorriso sulle labbra. Dall'altra parte del filo, Ekleyima rimase in silenzio, contemplando le parole di Aïah, tormentato dall'immagine della piccola Hinna, che, nella sua innocenza, portava il peso di un passato che non avrebbe mai potuto cancellare.

Parte IV:
Rivelazioni e Scelte

- 8. Il Peso del Passato

La rivelazione della sua identità e le confessioni di Ekleyima ad Aïah.

La notte era tranquilla e l'aria di Sodoma portava con sé una strana serenità. A Gomorra, nel suo appartamento, Aïah si era addormentata sul divano. La luce soffusa della lampada da comodino proiettava ombre delicate sulle pareti. Hinna dormiva serenamente nella sua stanza. Aïah, invece, non aveva avuto la forza di andare a letto dopo una giornata estenuante.

Il ronzio del telefono sul tavolino interruppe il silenzio della stanza. Aprì gli occhi, leggermente disorientata, e lanciò un'occhiata allo schermo.

Aguzzò le sopracciglia. Era strano. Ekleyima non aveva mai usato lo stesso numero prima, ma questa volta utilizzava un numero identificato. Il cuore di Aïah batté un po' più forte mentre rispondeva.

«Buonasera, Ekleyima... o dovrei dire, mio misterioso amico?» disse con un tono a metà tra il giocoso e il curioso.

Dall'altra parte, una voce familiare e tremante le rispose:

«Buonasera, bella Aïah. Sei sveglia?»

Aïah sollevò un sopracciglio. C'era un'esitazione insolita nella voce di Ekleyima.

«Stavo quasi dormendo, ma la tua chiamata mi ha svegliata. Perché mi chiami così spesso? Hai sempre usato numeri sconosciuti e ora ne hai uno identificato? Stai diventando imprevedibile, sempre più misterioso,» scherzò dolcemente, anche se qualcosa nel suo tono tradiva una leggera diffidenza.

Caldò il silenzio. Poi, lentamente, riprese:

«Forse è ora che io diventi... trasparente con te.»

Le parole di Ekleyima risuonarono nella mente di Aïah, risvegliando in lei un'ondata di sospetti che aveva represso per mesi.

«Trasparente?» ripeté dolcemente, raddrizzandosi.

«Ekleyima... c'è qualcosa che vuoi dirmi, vero?»

Dall'altra parte, Ackeli inspirò profondamente, con il cuore che gli batteva forte. Gli ultimi sette anni gli tornarono alla mente: la prigione, la fuga, i documenti falsi, gli affari clandestini e quella strana amicizia che aveva costruito con Aïah sotto un'identità mascherata.

«Sì, Aïah. C'è una verità che devo rivelarti... su di me, su chi sono realmente.»

Aïah sentì un brivido percorrerle il corpo. Aveva sempre trovato qualcosa di inspiegabilmente familiare in Ekleyima, ma non aveva mai cercato di scoprire di più, pensando che avesse le sue ragioni per rimanere nell'ombra.

«Allora parla,» mormorò, con la voce tesa.

«Il mio vero nome non è Ekleyima,» iniziò.

«Questa maschera, questa identità... tutto questo è una costruzione, un modo per sopravvivere dopo la mia fuga dal carcere, solo un mezzo per redimermi dai miei errori.»

Il respiro di Aïah si fermò.

«Chi sei veramente?» chiese con un'intensità che non conosceva in sé stessa.

«Aïah... sono io, Ackeli.»

Quelle parole caddero come una pietra in un lago calmo, creando un'onda d'urto che risuonò in ogni fibra del suo essere. Le dita le tremavano e la mente si offuscò.

«Ackeli?» ripeté, con la voce strozzata.

«No... non è possibile.»

«Ascoltami, ti prego,» implorò.

«So cosa ho fatto, so il dolore che ti ho causato. Negli ultimi sette anni non ho mai smesso di convivere con questo peso. Ma sono rimasto a Sodoma, lontano da Gomorra, per ricostruirmi e, in qualche modo, cercare di restituirti ciò che ho distrutto.»

Aïah rimase in silenzio, con le lacrime che le scendevano lungo le guance. Tutto improvvisamente aveva senso: i gesti premurosi, i soldi inviati, le conversazioni piene di rimorsi velati.

«Perché ora? Perché me lo dici adesso?» sussurrò infine.

«Perché non potevo più mentirti. Perché voglio che tu sappia che, nonostante i miei crimini, sono disposto a fare tutto per redimermi, per aiutare te e Hinna, anche se dovrò rimanere nell'ombra per tutta la vita.»

Il silenzio che seguì fu pesante. Aïah sentì una rabbia sorda mescolata a un dolore che pensava di aver sepolto.

«Pensi che una chiamata, qualche scusa sia sufficiente per cancellare ciò che hai fatto?» disse con una voce tremante.

«No,» rispose lui con calma.

«Niente potrà mai cancellarlo. Ma volevo che tu sapessi la verità. E se vuoi che sparisca, lo farò.»

Un lungo silenzio si estese. Aïah chiuse gli occhi, cercando la forza per rispondere.

«Non so ancora cosa provo, Ackeli, o Ekleyima, o chiunque tu sia. Ma per Hinna... devo riflettere.»

Chiuse delicatamente la chiamata, lasciando Ackeli da solo con il suo telefono, i suoi rimpianti e il grande vuoto che le sue confessioni avevano appena aperto tra loro.

- **9. Una Verità Dolorosa**

Aïah scopre finalmente chi si nasconde dietro la maschera.
La rivelazione di Ackeli, sotto l'identità di Ekleyima, aveva lasciato Aïah in un turbine di emozioni. Era divisa tra rabbia, confusione e una strana sensazione di sollievo. Dopo la telefonata, aveva passato ore a guardare il soffitto della sua stanza, le parole di Ackeli rimbombavano nella sua mente come una litania ossessiva.

Sapeva che non poteva rimanere così, prigioniera di queste emozioni. Doveva affrontare la verità in faccia.

La sera successiva, mentre il crepuscolo dipingeva Gomorra di toni dorati e purpurei, il suo telefono vibrò di nuovo. Questa volta era un messaggio da Ekleyima:

"Voglio mostrarti chi sono veramente. Se sei pronta, chiamami."

Aïah esitò, le dita tremanti sopra lo schermo. Alla fine, premette il tasto per chiamare, determinata a ottenere le risposte che meritava.

"Ackeli..." iniziò appena rispose lui.

"Aïah, grazie per avermi chiamato", rispose lui, con una voce più calma di quanto si aspettasse.

"Voglio vederti. Non solo sentirti. Voglio guardarti negli occhi e capire perché", disse con fermezza, anche se un tremore tradiva la sua ansia.

"Non posso", rispose lui dopo un lungo silenzio.

"Non ancora. Sono a Sodoma, e sai perché. Ma... posso mostrarti, in un altro modo."

Un momento di silenzio si fece sentire. Poi, riprese:

"Se davvero vuoi sapere, apri l'applicazione di videoconferenza. Ti manderò un link. Ma sappi che quello che vedrai potrebbe riaprire ferite che non potrò mai guarire."

Aïah strinse il telefono, il cuore che le batteva forte. Si alzò e si diresse verso la scrivania, aprendo il computer. Alcuni minuti dopo, cliccò sul link che lui le aveva inviato.

Lo schermo si accese e un volto che non avrebbe mai potuto dimenticare, nonostante la trasformazione che Ackeli aveva cercato di ottenere sottoponendosi a un intervento chirurgico, apparve. Era cambiato con il tempo, le prove e il rimorso avevano segnato i suoi tratti, ma era lui, Ackeli, senza maschere né finzioni.

Le mani di Aïah si stringevano sul tavolo. Un fiume di ricordi dolorosi si impose su di lei: la notte in cui la sua vita era cambiata, la sofferenza, la paura, ma anche la nascita di Hinna, l'unico raggio di luce in quella oscurità.

"Perché?" sussurrò, le lacrime che le scivolavano sulle guance.

Ackeli distolse lo sguardo brevemente, incapace di sostenere il peso del suo dolore.

"Perché dovevo sopravvivere", rispose piano.

"Perché non volevo che la mia morte fosse reale, anche se l'avrei meritata. Ma soprattutto, perché volevo restituirti quello che ti ho tolto, anche se so che è impossibile."

"Impossibile?" ripeté, con amarezza. "Niente può cancellare ciò che hai fatto, Ackeli. Niente!"

"Lo so", ammise lui, con la voce spezzata.

"Ma tutto quello che ho fatto da quando sono scappato, tutto quello che ti ho dato, a te e a Hinna, l'ho fatto per voi. Non per placare la mia coscienza, ma perché voi siete l'unica cosa che ancora dà un senso alla mia vita."

Aïah serrò i denti. Le ammissioni di Ackeli la toccavano, ma una parte di lei si rifiutava di cedere all'emozione.

"Tu dici che l'hai fatto per Hinna? Per me? Ma sei ancora lontano. Nascosto. Sei ancora un codardo, Ackeli."

Lui abbassò la testa, abbattuto dalle sue parole.

"Forse lo sono", disse.

"Ma voglio cambiare, Aïah. Voglio essere un padre per Hinna, se mi darai questa possibilità, anche da lontano. Voglio dimostrarti che posso essere qualcosa di diverso dal mostro che sono stato."

Il silenzio che seguì fu assordante. Aïah si mise una mano sul viso, cercando di raccogliere i suoi pensieri. Sapeva che non avrebbe potuto perdonarlo così facilmente. Ma per Hinna, per sua figlia, forse doveva trovare un modo di andare avanti, con o senza di lui.

"Non posso perdonarti, Ackeli", disse infine, la voce tremante.

"Ma non voglio nemmeno privare Hinna della possibilità di sapere da dove viene. Lei merita di conoscere la verità, anche se dolorosa."

Un barlume di sollievo passò negli occhi di Ackeli.

"Grazie", sussurrò, con le lacrime che brillavano nei suoi occhi.

"Non è per te", rispose Aïah freddamente.

"È per lei."

32

Scollegò la chiamata senza aspettare una risposta, lasciando Ackeli di fronte al suo riflesso sullo schermo spento. Sapeva che il cammino verso la redenzione sarebbe stato lungo, ma quella conversazione segnava il primo passo, fragile ma essenziale, verso una verità dolorosa ma necessaria.

- **10. Una Decisione Silenziosa**

Aïah decise di mantenere il segreto, ma le tensioni rimasero.

Dopo il confronto virtuale con Ackeli, Aïah sentì il suo cuore gravato da un dilemma insormontabile. La verità che aveva scoperto era un peso che non sapeva come sopportare. Rimase sveglia tutta la notte, fissando il soffitto, con una mano sul telefono, come se si aspettasse che squillasse di nuovo.

Al mattino, i primi raggi di sole illuminarono la stanza di Hinna, e Aïah si costrinse a sorridere vedendola correre felice con la sua bambola. Sapeva che doveva prendere una decisione per proteggere sua figlia, ma ogni opzione sembrava un tradimento: rivelare la verità su suo padre avrebbe potuto macchiare la sua innocenza, mentre mantenere il segreto le avrebbe negato la conoscenza delle sue origini.

Quella sera, mentre Hinna dormiva, Aïah si sedette alla sua scrivania, con un quaderno aperto davanti. Scrisse alcune frasi, poi strappò la pagina, insoddisfatta delle sue parole. Infine, prese il telefono e scrisse un messaggio a Ekleyima, o meglio, Ackeli:

"Non voglio che tu veda Hinna per ora. Dammi del tempo. Lei non è pronta per questo. Nemmeno io."

Il messaggio rimase non letto per ore, finché finalmente arrivò una risposta.

"Capisco. Prenditi tutto il tempo di cui hai bisogno. Ma sappi che, ovunque io sia, veglierò sempre su di voi."

Quelle parole risvegliarono emozioni contrastanti in Aïah. Voleva credere alla sua sincerità, ma i ricordi del suo passato violento si rifiutavano di svanire.

Passarono i giorni, e Aïah prese la decisione silenziosa di non dire nulla a nessuno, nemmeno alla sua famiglia più stretta. Seppe di dover seppellire quella verità, convinta che rivelarla avrebbe causato più danni che benefici. Tuttavia, quella decisione non placò il suo animo.

Ogni volta che vedeva Hinna giocare o ridere, un'ombra di colpa le attraversava la mente. Come avrebbe potuto mantenere questa bugia di fronte a una bambina che, prima o poi, avrebbe fatto domande su suo padre?

Le tensioni aumentarono quando Hinna trovò una lettera in un pacco anonimo lasciato davanti alla porta. La lettera conteneva un semplice messaggio:

"Per Hinna, con amore, da un amico."

Insieme alla lettera c'era un braccialetto decorato con perline multicolori. Il regalo sembrava innocente, ma fece rabbrividire Aïah. Sapeva che veniva da Ackeli.

«Mamma, chi me l'ha mandato?» chiese Hinna, infilando il braccialetto, i suoi grandi occhi pieni di curiosità.

«Probabilmente qualcuno che ti vuole molto bene,» rispose Aïah, evitando lo sguardo della figlia.

Hinna, soddisfatta di quella risposta vaga, tornò a giocare. Ma per Aïah quell'incidente risvegliò una rabbia silenziosa. Inviò immediatamente un messaggio ad Ackeli:

"Ti ho chiesto di mantenere le distanze. Non coinvolgerla in tutto questo. È ancora troppo piccola."

La risposta arrivò in fretta:

"Mi dispiace. È stato un errore da parte mia. Avevo mandato quel regalo per Hinna giorni fa, ma sembra che la consegna abbia tardato più del previsto. Non volevo contrariarti di nuovo. Non farò nulla senza il tuo consenso."

Un Segreto in Bilico

Nonostante la promessa di Ackeli, Aïah sentiva che l'equilibrio fragile che stava cercando di mantenere poteva crollare in qualsiasi momento. I giorni scorrevano tranquilli, ma viveva con la costante paura che qualcosa o qualcuno rompesse quel silenzio.

Una notte, mentre osservava Hinna dormire serena nel suo letto, si fece una promessa:

"Non permetterò a nessuno, nemmeno ad Ackeli, di rubare la pace di mia figlia."

Ma in cuor suo sapeva che il tempo avrebbe inevitabilmente tradito il suo silenzio, che la verità non poteva rimanere nascosta per sempre.

Parte V:
Un Amore Sospeso

- **11. Lacrime e Promesse**

La luna splendeva alta nel cielo di Gomorra, gettando una luce dolce e argentata attraverso le persiane socchiuse della stanza di Aïah. Era seduta sul bordo del letto, lo sguardo perso nell'oscurità. Le parole di Ackeli risuonavano ancora nella sua mente. Il dolore che aveva represso a lungo sembrava ora esplodere in mille frammenti, ogni ricordo e ogni emozione si mescolavano in un vortice incontrollabile.

Quando il suo telefono vibrò sul comodino, esitò un momento prima di rispondere. Il nome Ekleyima appariva sullo schermo, una facciata ormai inutile.

Aïah... la voce di Ackeli era debole, quasi tremante.

Grazie per aver risposto.

Lei rimase in silenzio per un attimo, cercando le parole.

Perché? chiese infine, la voce spezzata dall'emozione.

Perché mi hai mentito così a lungo? Dal giorno del tuo misterioso invito a Sodoma non fai altro che giocare con me. Perché hai aspettato tutto questo tempo per dirmi la verità?

Dall'altra parte della linea, Ackeli prese un respiro profondo, raccogliendo il coraggio.

Perché avevo paura. Paura di perderti di nuovo. Paura che tu non mi dessi mai la possibilità di provare a riparare ciò che ho distrutto. E paura di essere trovato dalle autorità, perché dovrei essere ancora in prigione.

Riparare? una risata amara sfuggì dalle labbra di Aïah.

Pensi davvero che si possa riparare ciò che hai fatto? Hai distrutto la mia vita, Ackeli. Eppure ho cercato di andare avanti. Per Hinna.

Lo so... rispose lui con voce rauca.

Non immagini quante notti ho passato a rivivere i miei errori, dalla prigione fino a oggi. A desiderare di poter tornare indietro e cambiare tutto. Ma non posso. Tutto ciò che posso fare è chiederti perdono, anche se non lo merito.

Un silenzio pesante calò, interrotto solo dai respiri esitanti di entrambi.

Hinna...mormorò Aïah.

Non lo saprà mai. Non voglio che porti il peso delle tue scelte, Ackeli. Merita una vita piena di gioia, non una verità che la distruggerà.

Capisco, disse lui dolcemente.

E farò di tutto per proteggere questo equilibrio. Voglio che abbia tutto ciò che io non sono mai riuscito a offrirle. Ma tu, Aïah, C'è ancora una possibilità, anche minima, che tu possa perdonarmi?

Le lacrime scorrevano silenziose sulle guance di Aïah.

Il perdono, Ackeli, non è per te, ma per me. Per poter andare avanti senza questo peso.

La sua voce si spezzò, ma continuò:

Non so se potrò dimenticare. Ma posso provare a perdonarti, per Hinna, per me, e forse per ciò che eravamo un tempo, prima di tutto questo caos.

Ackeli sentì un calore strano nel petto, mescolato a un dolore profondo.

Grazie, Grazie per queste parole. Prometto che farò di tutto per meritare la tua fiducia, anche da lontano.

Allora mantieni questa promessa, disse lei con una forza inaspettata.

Se vuoi redimerti, diventa un uomo migliore, anche se nell'ombra. Per lei.

Lo farò, rispose lui, le sue lacrime impregnando le sue parole.

Rimasero al telefono, immersi in un silenzio carico di emozioni, i loro cuori che battevano all'unisono nonostante la distanza e il peso del passato. Non era una fine, ma forse, solo forse, un nuovo inizio.

- **12. Un Futuro Incerto**

I giorni che seguirono quella conversazione dolorosa furono segnati da un misto di sollievo e incertezza per Aïah. Aveva aperto una porta al perdono, ma lo spettro del suo passato rimaneva sempre presente. Ogni chiamata, ogni messaggio di Ekleyima — o meglio, di Ackeli — era ora intriso di una nuova complessità.

Aïah osservava spesso Hinna giocare in giardino, spensierata e radiosa. La bambina, nella sua innocenza, non aveva idea della storia che si stava intrecciando intorno a lei. Eppure, ogni risata di Hinna ricordava ad Aïah che, nonostante le ferite, la vita continuava.

Una sera, mentre si preparava per andare a letto, un messaggio di Ekleyima illuminò il suo telefono:

"Non importa dove ci porterà la vita, veglierò sempre su di te e su Hinna. Non sarò mai lontano."

Aïah rimase immobile, stringendo il telefono tra le mani. Sapeva che diceva la verità. Ackeli era diventato un uomo nell'ombra, ma le sue azioni dimostravano un desiderio sincero di redenzione. Tuttavia, non poteva fare a meno di chiedersi quanto a lungo potesse durare questa situazione.

Una Lotta Silenziosa

Da parte sua, Ackeli conduceva una vita tanto complessa quanto clandestina. Le sue attività a Sodoma lo avevano reso influente, ma rimaneva comunque un fuggitivo, un uomo perseguitato dai fantasmi del suo passato. Sapeva che il suo tempo in quella città stava per finire. Quando i sette anni della sua condanna sarebbero trascorsi, avrebbe dovuto scegliere: tornare a Gomorra e rischiare di essere scoperto, oppure restare per sempre in esilio, lontano da coloro che amava.

La sua doppia identità, Ekleyima, il misterioso amico di Aïah, e Ackeli, l'uomo caduto in cerca di redenzione, lo stava consumando poco a poco. Nei vicoli oscuri di Sodoma, incrociava spesso sguardi sospettosi. La paura che il suo segreto venisse rivelato non lo abbandonava mai.

Una sera, mentre leggeva un rapporto riservato sulle nuove forze politiche di Gomorra, ricevette una chiamata da un vecchio alleato.

"Ackeli, le cose stanno cambiando. Il tuo ritorno potrebbe essere più pericoloso del previsto. Gomorra sta per affrontare una nuova ondata di agitazione. Akouar è il sindaco, lo sai, e coloro che ti sostenevano potrebbero non farlo più."

Il cuore di Ackeli si strinse. Si rese conto che il suo passato non sarebbe mai stato completamente cancellato e che il suo futuro sarebbe rimasto sospeso tra due mondi: quello di Aïah e Hinna, e quello che aveva costruito a Sodoma.

Tra Speranza e Paura

Nel frattempo, Aïah continuava ad andare avanti. Aveva deciso di non rivelare la verità a Hinna, ma l'ombra di Ekleyima aleggiava ancora sulla sua vita quotidiana. Spesso si chiedeva se un giorno sarebbe riuscita a vivere senza quel legame con lui, un legame tanto doloroso quanto inspiegabilmente confortante.

In un momento di riflessione, scrisse nel suo diario:

"Il perdono è una strada incerta. Voglio credere che possa diventare una luce, ma a volte sembra un labirinto. E al centro di quel labirinto c'è Ackeli, un uomo da cui non posso fuggire né abbracciare del tutto."

Un Nuovo Capitolo: Prove all'Orizzonte

Con l'avvicinarsi della fine dei sette anni di condanna, Ackeli sentiva che qualcosa stava per rompersi. Una nuova minaccia incombeva su Gomorra, e sapeva che non avrebbe potuto rimanere per sempre nell'ombra.

Un ultimo messaggio criptico raggiunse Aïah, pochi giorni prima della scadenza:

"Preparati. Un giorno mi vedrai, tu e Hinna, ma sappi che per gli altri, la calma non dura mai." Lo disse riferendosi ad Akouar, zio di Aïah e sindaco di Gomorra.

Quelle parole, semplici ma cariche di significato, lasciarono Aïah turbata. Un presentimento la invase, come se il fragile equilibrio che avevano costruito stesse per essere messo alla prova.

Il mistero intorno a Ekleyima persisteva, e dietro di lui si delineava un futuro incerto, carico di nuove prove e scelte difficili.

Un Messaggio Sconvolgente

Il messaggio di Ekleyima, tanto breve quanto inquietante, lasciò Aïah immersa in profonde riflessioni:

"Preparati. Un giorno mi vedrai, tu e Hinna, ma sappi che per gli altri la calma non dura mai."

Quelle parole risuonavano dentro di lei come un avvertimento. Il vento che soffiava su Gomorra quella notte sembrava sussurrare segreti, annunciando un cambiamento imminente.

Una Ultima Chiamata

Mentre osservava il messaggio sul telefono, comparve una notifica: "Ekleyima sta chiamando." Questa volta esitò prima di rispondere. La sua mano tremava leggermente, divisa tra il desiderio di capire e la paura di sentire verità per cui forse non era pronta.

"Aïah," disse lui con una voce profonda, quasi irriconoscibile. "Ci sono cose che devi sapere. Ma non stasera. Non ancora."

Il cuore di Aïah si strinse.

"Allora perché chiamarmi, Ekleyima?" mormorò, con una punta di impazienza mista a preoccupazione. "Mi mandi avvertimenti, ma ti nascondi dietro i tuoi segreti. Perché non mi dici tutto?"

Dall'altra parte ci fu un silenzio, un silenzio carico di significati. Poi, con calma, rispose:

"Perché alcune verità spezzate sono più sicure nell'ombra. Ma... presto, tutto cambierà."

Prima che potesse reagire, lui riattaccò. Il suono sordo della linea occupata echeggiò nella sua mente come un riflesso della sua confusione.

Un Incubo Rivelatore

Quella notte, Aïah fece un sogno inquietante. Si trovava in una grande sala buia, circondata da specchi. In ogni riflesso vedeva frammenti del suo passato: il volto di Ackeli, il pianto di Hinna bambina e l'ombra di un uomo mascherato che riconosceva come Ekleyima.

Allungò la mano verso uno degli specchi, ma quando le sue dita toccarono la superficie, si ruppe in mille pezzi, lasciando dietro di sé un vuoto nero. In quel vuoto, una voce familiare sussurrò:

"Il passato non scompare mai. È solo addormentato, pronto a riemergere."

Si svegliò di colpo, con il respiro affannoso. Quel sogno sembrava più di un semplice incubo: era un avvertimento, un presagio.

A Sodoma: Una Decisione Irreversibile

Nel frattempo, Ackeli si preparava per un atto definitivo. Aveva raccolto abbastanza risorse e influenza a Sodoma per garantire il suo anonimato, ma sapeva che quella rete di sicurezza non sarebbe durata per sempre.

Nel suo piccolo ufficio, rileggeva vecchi rapporti su Gomorra, i nomi di coloro che potevano ancora cercarlo. Tra quei nomi, uno ricorreva spesso: "Akouar", l'uomo che aveva rivelato al pubblico le azioni di Ackeli, guadagnandosi popolarità e sembrando pronto a scuotere le fondamenta della città.

"Se torno, non potrò più restare nascosto," mormorò tra sé, fissando una mappa di Gomorra.

Ma i suoi pensieri tornavano sempre ad Aïah e Hinna. Tutto ciò che aveva costruito, tutto ciò che aveva sacrificato, ruotava attorno a loro.

Un Ultimo Messaggio

Alcuni giorni prima della fine della sua condanna di sette anni, Aïah ricevette un altro messaggio da Ekleyima. Stavolta, non c'erano ambiguità:

"Aïah, se un giorno mi vedrai, non credere a tutto ciò che sentirai. Questo mondo è pieno di menzogne, ma il mio amore per te e Hinna è l'unica verità a cui mi aggrappo. Non ti manderò altri messaggi. Forse ci rivedremo... o forse no."

Quella fu l'ultima comunicazione che ricevette da lui.

Un Orizzonte Sconosciuto

I giorni, le settimane e poi i mesi passarono. Aïah continuò la sua vita, ma una parte di lei rimase sospesa nell'attesa. Non sapeva se Ekleyima o Ackeli sarebbero mai tornati, ma sentiva che la sua storia non era ancora finita.

Nelle strade oscure di Sodoma, Ackeli stringeva una foto di Hinna che aveva ricevuto grazie ai corrieri abituati a consegnare regali per Aïah. I suoi occhi riflettevano un profondo rimpianto e una determinazione silenziosa.

Il futuro rimaneva incerto, ma una cosa era chiara: i cammini di Aïah ed Ekleyima non erano destinati a separarsi definitivamente. Le loro vite erano intrecciate da fili invisibili, tessuti dal destino e rafforzati dalle scelte che avrebbero fatto.

La scena finale mostra Aïah seduta sul suo balcone, lo sguardo perso verso l'orizzonte di Gomorra, mentre un vento freddo soffia, portando con sé il sussurro di un nome:

"Ekleyima..."

Le Ombre della Redenzione

Sodoma, la città dove Ackeli si è rifugiato dopo la sua fuga, è un luogo in cui segreti e cospirazioni si intrecciano nell'oscurità. Sebbene abbia tentato di ricostruire la sua vita sotto una nuova identità, quella di Ekleyima, le cicatrici del passato si rifiutano di scomparire. Ogni notte, i ricordi di Gomorra lo tormentano, in particolare quelli di Aïah, la cui vita ha distrutto, e di Akouar, l'uomo che ha rivelato i suoi crimini al mondo intero.

Un giorno, mentre frequenta uno dei rifugi sotterranei di Sodoma, Ackeli ascolta una conversazione che risveglia in lui un'inquietudine crescente:

— Akouar non regnerà ancora a lungo. I suoi giorni sono contati.

Le parole, inizialmente vaghe, diventano più esplicite man mano che capta i sussurri. Si sta tramando un complotto contro Akouar, orchestrato da Sodoma da nemici decisi a rovesciare il leader di Gomorra. Le ragioni dietro questa cospirazione sono tanto diverse quanto i suoi partecipanti: vendetta, ambizione o semplicemente il desiderio di gettare Gomorra nel caos.

Un Doloroso Ricordo e un Nuovo Dilemma

Per Ackeli, questa rivelazione ha un sapore amaro. Akouar è sia il suo nemico che il suo giudice. È stato Akouar a mettere a nudo le sue azioni ignobili contro Aïah, condannandolo all'esilio e alla vergogna. Ma è stato anche Akouar a mantenere una certa stabilità a Gomorra, dove vivono Aïah e sua figlia, Hinna Saar.

Un dilemma nasce dentro di lui, strappandolo tra due vie. Ignorare il complotto sarebbe la scelta più semplice. Dopotutto, perché salvare un uomo che è stato l'artefice della sua rovina? Ma questa inazione metterebbe in pericolo Gomorra, e con essa, le uniche due persone che cerca ancora di proteggere.

Ackeli prova una strana scintilla, un misto di colpa e responsabilità. Forse, pensa, svelare questo complotto potrebbe essere un passo verso la redenzione agli occhi di Aïah e della società che lo disprezza. Ma come agire? E, soprattutto, come superare il peso dei ricordi, quel costante promemoria delle sue azioni e della loro esposizione da parte di Akouar?

Un'Indagine nell'Ombra

La decisione di Ackeli è chiara: deve comprendere l'entità del complotto prima di scegliere il passo successivo. Addentrandosi nei labirinti intricati delle trame di Sodoma, si infiltra nei circoli dei cospiratori, usando la sua intelligenza e il suo carisma per ottenere informazioni cruciali.

Ma ogni dettaglio che scopre lo avvicina a una scelta impossibile. I cospiratori sono potenti e ben organizzati, e il loro piano sembra inarrestabile. Ancora più inquietante, Ackeli scopre che le motivazioni dietro questo complotto non si limitano ad Akouar. L'obiettivo è destabilizzare tutta Gomorra, gettando la città in una guerra civile in cui né Aïah né Hinna sarebbero al sicuro.

Il Peso del Passato e l'Incertezza del Futuro

Per Ackeli, questo viaggio nell'ombra è anche un confronto con se stesso. Ogni passo che compie lo riporta ad Aïah, a ciò che le ha fatto e a ciò che cerca disperatamente di riparare. Ma un'altra voce, più oscura, gli ricorda che è stato Akouar l'architetto della sua umiliazione pubblica.

La rabbia e il rimorso si mescolano, creando un vortice emotivo. Agire per salvare Akouar e Gomorra potrebbe essere visto come un atto di redenzione, ma significherebbe anche proteggere l'uomo che ha distrutto la sua vita. Ackeli sa che la sua scelta, qualunque essa sia, lo segnerà per sempre.

La Suspense di una Decisione

Mentre i cospiratori accelerano i loro preparativi, Ackeli si trova di fronte a una decisione che cambierà il corso della storia. Avvertirà Akouar, mettendo a rischio la sua stessa sicurezza e il suo anonimato? O rimarrà nell'ombra, lasciando che gli eventi seguano il loro corso, con il rischio di perdere l'ultima possibilità di riconquistare una parte della sua umanità?

Salvando Akouar, può davvero redimersi, o questa scelta riaprirà solo ferite che non potranno mai guarire? E se, alla fine, la redenzione fosse solo un'illusione, una ricerca impossibile in un mondo in cui il perdono è tanto raro quanto la giustizia?

Continua...

Don't miss out!

Visit the website below and you can sign up to receive emails whenever Marie Dachekar Castor publishes a new book. There's no charge and no obligation.

https://books2read.com/r/B-A-YQQNC-UWZIF

BOOKS 2 READ

Connecting independent readers to independent writers.

Also by Marie Dachekar Castor

2
"Encuentro con los conquistadores de records deportivos: Estrellas notables entre las mejores"

5
Entre amour et Folie : Le plaisir, le pouvoir et la corruption à Gomorrhe
"Entre el amor y la locura: Placer, poder y corrupción en Gomorra"
"Entre amour et folie: Le plaisir, le pouvoir et la corruption à Gomorrhe"
"Entre amor y locura: placer, poder y corrupción a Gomorra"
Entre amour et folie: le plaisir, le pouvoir et la corruption à Gomorrhe
Between Love and Madness: Pleasure, Power, and Corruption in Gomorrah
Entre amor e loucura: O prazer, o poder e a corrupção em Gomorra

Entre amor y locura: El placer, el poder y la corrupción en Gomorra
"Entre amour et folie: Le plaisir, le pouvoir et la corruption à Gomorrhe"
Tra amore e follia: Il piacere, il potere e la corruzione a Gomorra
Tra amore e follia: Il piacere, il potere e la corruzione a Gomorra
Zwischen Liebe und Wahnsinn: Das Vergnügen, die Macht und die Korruption in Gomorrha
Между любовью и безумием: Удовольствие, власть и коррупция в Гоморре

Standalone
Au delà des préjugés: L'amour au coeur des obstacles
El precio de la desesperación: Inmersión en la realidad de la prostitución y búsqueda de soluciones
Los tabúes de la sociedad
Las Complejidades de la Infidelidad en las Relaciones entre Hombre y Mujere
Recetas magicas
Entre la belleza de la juventud y el miedo a envejecer: la alimentación como clave para la vitalidad
"Entre la belleza de la juventud y el miedo a envejecer: La alimentación como clave para la vitalidad."
Las Complejidades de la Infidelidad en las Relaciones entre Hombre y Mujere
Más allá de los prejuicios: el amor en el corazón de los obstáculos

Pequeñas Historia para viajar con la imaginación

Milton Keynes UK
Ingram Content Group UK Ltd.
UKHW021053031224
452078UK00010B/618